KB107041

불교문예 기획시선 04

그 마음 하나

불교문예작가회

불교문예
불교문예출판부

■ 서문

이제 가을입니다. 벌써 추석이 지난 지가 꽤 되었고, 하늘은 높고 산과 들에서는 어느덧 가을 냄새가 느껴집니다. 계절의 순환에는 조금도 어긋남이 없습니다. 이 가을이 가면 또 겨울이 오겠지요.

똑같은 일상이지만, 그 속에서 하루하루를 즐겁게, 열심히 살아가는 자세는 그 나름 의미가 있다고 하겠습니다. 행복해지려는 것은 우리의 상정常情입니다. 점점 마음의 여유를 잃어가는, '틈'이라고는 찾을 수 없는, 각박해지는 세상살이에서도 가끔은 자신을 되돌아보면서, 지친 영혼을 보듬어 주어야 합니다.

올해도 계간 《불교문예》와 불교문예작가회에서 주최하는 가을 시 낭송회와 시화전을 600년의 역사를 이어온 조선 왕실의 원철願刹 흥천사, '부처님 마당'에서 열게 되었습니다.

이것은 매우 뜻깊은 일입니다. 바쁜 와중에도, 점점 무디어지는 감정을 깨워서 만든 시가 오히려 우리를 새롭게 일으켜 세우기도 하는 것입니다. 시를 씀으로 써 어제의 나가 아닌, '새로운 나'가 되기도 하지요.

시 낭송회를 통해서 그때의 소중한 감정을 불러와 함께할 수 있으니, 모두의 기쁨이요 즐거움입니다.

시화詩畫 작품은 홍천사 경내의 '손잡고 오르는 길'에 전시되며 또한 단행본으로 발간됩니다.

이 좋은 자리를 열게 해 주시고, 아낌없는 지원을 해 주신 홍천사 사부대중께 깊은 감사의 말씀을 드립니다. 또한, 함께 해 주신 분들께도 거듭 고마운 마음을 전하며 과실果實이 익어가듯 이 가을에 우리의 시심詩心도 제대로 영글기 바랍니다.

2019년 10월

불교문예작가회장 문혜관

차례

서문

파래소 폭포

강시연

신불산 어깨 건 간월산 자락
배내 협곡 청산녹수

가까이 가면 간헐적으로 들려오는
폭포의 창 한 소절
백색 물줄기
절벽 아래로 추락하며 완창 중이다

핏발 토한 흐름
시퍼런 녹색 핏물로 沼에 한 가득

그래서
파래소이다
파래소이다

시인의 점심點心

권현수

야반삼경에

진흙소를 타고

사막을 건너며

은하수를 나르는 꿈을 꾸는구나

시간의 수레바퀴는

여기가 거기고

거기가 여기라는데

떡장수 할머니 웃음소리 요란하다.

강아지풀

김경옥

돌담 아래 일가를 이루니 의젓한 가장이네

천성이 착해서일까 다 자라도 어린애 이름

가만히 입가에 대면

번지는

애기 부처

내 손안의 절

김기리

내 손안에는 형체도 없고
만져볼 수도 없는 작고 초라한 절[寺] 하나가 있다
간혹 크고 넓은 가람을 만나면 나도 모르게
두 손 합쳐 숨기는 절
그도 모자라 허리와 고개까지 숙이게 만드는 절

내 작은 절은 몇 가닥
자잘하게 그어진 손바닥금 위에 있다
사방이 아슬아슬한 낭떠러지
나는 그 절에 가장 공손한 악수를 모시고
지인들을 만나면 반갑게 마주 잡는다
매 끼니 밥을 떠먹기도 하고
맛있게 반찬을 만들기도 한다

열개의 반달이 뜨는 나의 도량
먼 곳의 저녁 타종 소리를 들을 때면

귀를 모으게 하고 두 손 모아 합쳐지는 절

밤 늦어 뽀드득뽀드득 깨끗하게 손을 씻고 나면

환하게 빛이 나는 절 한 채

햇빛 탁발을 나왔는지 보리수나무 잎들이

일제히 일직보행으로 수근거리고 있다

토굴 가는 길

김명옥

눈물 마른 뼈들을 끌고
멀미로 휘청이는 시린 발로 가는 길
알면 알수록 모르겠는 것들
보면 볼수록 보이지 않는 것들과 작별하고
뒤돌아서면
저만치 얼어붙은 불빛 아래
나무 물고기 끙끙 앓는 소리 흐릿한데
수북한 미련들을 뼈째 아궁이에 던져 넣고
눈사람 부둥켜안고 겨울잠이나 청해볼까

늘 술레였던
나무들의 발자국에 새살이 돋을 때까지

강이 문을 열다

김미형

우렛소리가
북한강 물 밑을 휘젓고 간다
여긴가 하고 귀 기울이면 어느새
저만치 가고 있다
겨울이 화해하는 소리다
꽁꽁 언 강물의 굳은 낯빛
여기저기서 문을 연다

사람도 굳게 닫힌 마음문을 열 때 산고를 겪는다

나는
몇 번이나 때맞추어 봄 강물이 되었을까

소망

김민재

멀리 떠나서, 어디론가

사랑도 증오도
가난한 이도 부자도 없는
그런 곳에서
탈 벗고

그저 황홀한 붉은 노을로
남을 수 있다면.

동백숲을 사들이다

김밝은

여기저기 해찰하다 온 동백꽃이
속세의 얼굴을 느껴보려 기척 하는 날

산문山門입구 카페
커피 대신 겨우 찾아 내놓은 탁주 두어 병으로
까불대는 심장, 입 밖으로 내달리는 아찔한 말
[言]들을 추스르다
치맛단 가볍게 들어 올리는 동백을
덥석 끌어안기 부끄러웠지만, 오매

모두들 눈독 들인 선운사 동백숲이
탁주 두어 병에 내 차지가 되었다

눈썹달도 헝클어진 머릿결로
신음하며 곁에 주저앉던 밤이었다

씨앗, 움트다

김서희

겨울눈 한 톨

봄 햇살 한 장

여름비 한 사발

가을바람 한 줄기

한 몸에 다 안고 있는 점 하나

다시, 몸을 만든다

잠가두었던 꽃의 시간을 내민다

박꽃

김선희

한낮이 부끄러운지
꼭 다물었던 꽃망울은
해질 무렵 꽃잎을 열었다

아기 속살같이 부드러운
하얀 별모양 꽃이 활짝 피어
달도 별도 내려다보며 인사할 때
뽀얗게 어둠을 밝히는 박꽃

꽃 하나에 보름달 하나씩 메고 와
지붕 여기저기 올라앉은 둥근 박

이런 초가을 밤이면
참기름에 달달 볶은 박나물과 시원한 박속낙지탕
박고지 아작아작 씹히는 김밥으로
그대에게 한상 차려 내고 싶다

노을 꽃 하나 피우기 위해

김성부

노을 한 장 곱게 접습니다.
여름 한 낮 힘들게 나르던 철새의
날개를 위해 감추어 두었던 연분홍
접시꽃잎 거두어 함께 접습니다.
호수에 가득 번지던 붉은 노을은
염천을 견딘 갈대 잎의 가슴으로 남기고
별빛에 실려 올 먼 바다의 푸른 꿈을
맞이하여 시원한 물결을 만들면
접어둔 노을 한 장 꽃이 될까 해서요.
호숫가 철새 떠난 자리에서 곱게
접어두었던 노을을 다시 폅니다.
서녘하늘에 피고 있는 그리움을 불러
더 붉고 화려한 노을 꽃잎 열리기를
기원합니다. 가슴에 피는 노을보다
더 진한 고향의 옛 꿈을 불러올까요.
밤 세워 노을 꽃을 더 피울까요.

詩

김수영

신앙信仰이 動하지 않는 건지
動하지 않는 게
신앙信仰인지 모르겠다
나비야 우리 방으로 가자
어제의 詩를 다시 쓰러 가자

고등어조림 맛

김수원

삼라만상이 어우러진 냄비 속
납작 엎드린 무 등에 고등어를 앉힐 때

파랑으로 일렁이는 불길
뜨거운 열기로 끓는 냄비 속에서
무와 고등어가 서로에게 기대
속내를 우려내 하나로 합쳐진다

제 이름을 버리면서 익는다
무無요 하며 뒷전에 물러앉은 무
자신을 덜어 무에게로 가는 고등어

세상사도 한 냄비 속에서
한풀 숨죽이면
고등어조림 같은 맛이 난다

까탈스런 세상 입 속을

환히 밝힌다

육계나무를 보며

김승기

노을 물드는 삶의 서녘하늘, 바위보다도 무거운 결단을 앞에 두고 다시 너와 마주 선다

붙박이 몸으로 한 자리에 서있는 너의 삶에도 한번쯤 삼십육계 줄행랑 쳐야 할 때 있었는가?

보아 하니, 너도 덩치만 컸지 꽃이라곤 눈곱보다도 작아 잘 띄지 않는 건 누구를 닮은 처세술인가?

지금껏 지내온 나의 시간들, 한번 돌부리에 걸려 넘어지고 난 뒤부터는 고비 맞닥뜨릴 때마다 매번 뒷걸음질 쳐 달아나기에 급급했던 시간들, 여차하면 장대비 쏟아져 내리며 언제 끝날지 모르는 지리한 장마였음을 후회한다

그때 그 벼랑 앞에서 삼십육계 줄행랑보다 절벽을 넘어야지 결심했더라면 내 앞의 시간들, 지금쯤 활짝 갠 맑은 하늘일까 여전히 안갯길 끝나지 않은 장맛속일까

그래도 열심히 살았다싶은 이제 짧게 남아 있는

저녁, 후회 없는 마무리를 위해 마지막으로 맨주먹 한 번 더 다시 쥘까 펼까 망설임을 놓고 너와 마주 선다

겨울

김시림

해남엔 연 사흘 내내 눈이 내린다고 하네
밤의 밑바닥까지 하얘졌다는
가와바타 야스나리의 설국 같겠네

우리 집터도 염전도 방조제도
야트막한 산 능선 오솔길도
제 품속에 가둔 눈

눈옷을 입은 짱뚱어 화랑게 고둥들
흰 뻘밭 차일처럼 펄럭거리겠네

아버지 머리 하얗게 덮어버린 염전
눈 마당 쓸다가 코끼리만 한
눈사람 하나 만드시던 아버지

보리수 두 그루 마주보던 우물가

빨간 털실모자 쓰고 물 긷던
동백꽃 같던 어머니

나는 그런 날들이 그저 좋기만 하였네

꽃, 잎의 계정

김애린

새파란 하늘이 군락이다

몇 번의 상처를 덮듯 어루만지며 스쳐지나갔다
똑, 어린잎은 향기를 멈춘다
물오른 줄기도 꽃잎도 현재에 멎어 있다
더 이상 슬픔은 없을 거야

잎 속의 잎을 딴다 꽃의 목을 딴다
울음이 묻어난다

물속을 내려다 본 적 있니?
새긴 기억이 얼마나 깊으면
오므렸던 제 몸을 다시 펼 수 있을까
파문, 안 보이는 그 무엇들로부터
번져가고 있음을 기다렸던 걸 거야

잎맥을 펼치며 살을 풀어내는 따뜻한 찻잔
꽃, 잎의 계정들이 형형하게
몸 안으로 쏟아지기 시작했다 별들처럼

성자聖者 호박

김연경

나의 배꼽이 숨 쉬던 우주의 끈이
끊어져 오래 되었건만
아랫배 실핏줄 엮어 몸 불린
사리들이 보배롭다

피가 돌고
지구를 굴리던 사랑이 자라
우주이던 당신이
어느 날 소리 없이 내게 와
또 하나 끈을 잇대어주곤

금테 둘러 반질반질 눈 띄워준
하늘의 푸른 깃
날개 달아준 당신은
천하에 없는 묵언 성자였다.

달

김영랑

사개 틀린 古風의 툇마루에 없는 듯이 앉아
아직 떠오를 기척도 없는 달을 기다린다
아무런 생각 없이
아무런 뜻 없이

이제 저 감나무 그림자가
사뿐 한 치식 옮아오고
이 마루 위에 빛깔의 방석이
보시시 깔리우면

나는 내 하나인 외론 벗
가냘픈 내 그림자와
말없이 몸짓 없이 서로 맞대고 있으려니
이 밤 옮기는 발짓이나 들려오리라

백지

김원희

한때는 그대
그늘 우거진 아름드리 나무였었지

하늘로만 향한 수직의 절규
짧은 이별 상처마다 새순이 돋고
백년의 침묵 그리고 그리움

그대에게 차마 하지 못한 심연을
편지로 쓰는 밤
백지에서 물씬 숲의 향기가 난다

달의 뜨개질

김일곤

달이 주섬주섬 푸른 털실뭉치를 들고
포구로 들어서는 저물녘
몽돌 밭에 앉아 있던 나는 문득
둥긂 圓 안으로 들어가 둥긂 丸을 둘러보았다
그 연원을 캐면서
내외하는 둥그런 질감의 순간, 순간을 통증으로
읽었다

인연 따라 예까지 흐르면서
제 몸 둥글게 다듬기 위해 각진 몸을 내맡기고 있다
달은 기척을 알고 내려와
달빛 뜨개질을 하였다
바람이 구름의 스웨터를 풀어 놓은
옥색 물방울실로 한 코 한 코
포효하는 파도 소리와 진동의 무게로
거친 살을 깎아내는

그렇게 둥글어간다는 것은
통증을 이겨내는 일, 마침내
둥긂의 경지에 이르는 것

나는 산돌 속으로 쏘옥 들어가
천 년 만 년이라도 굴데데굴 굴러
거친 성정이 반들반들 마름질 될 거라면
달의 뜨개질에 철썩철썩 베이는
몽돌, 몽돌이고 싶었다

회령포에 눕다

김창희

외다리 건너 모래톱을 지나면
물빛 같은 여울마을 사람들이 모여 모닥불을 피우는
그런 곳이 있었어

송사리떼 발가락 사이를 간질이던 내 어릴 적 그날이
말간 얼굴로 내성천 굽이굽이 휘돌아 나가는
그런 봄날이 있었어

부질없다 하면서도 마음이 쏟아지는 걸 어쩌지 못해
물결 사이로 동그마니 밀려드는 시간들을 건져 올리겠다고
뜰채도 없이 나는 발을 동동 구르곤 했지

물길 350도,

장안사 고갯길을 넘어 네게로 온 날

휘몰이 장단에 늘어지도록 나는 돌고 또 돌아보았지

외다리 밑 강바닥으로

비룡산 골짜기가 토해놓은 내가 굽이굽이 잘도 흐르던

회령포였어

늦가을 등고선

김현지

햇볕 아래 뜨겁게 달궈지던 바위들이

가만히 돌아 앉아

등을 내 보이고 있다

나도 건너 편 산에게

내 굽은 등을 곱다시 내보이며 산을 오른다

등 뒤의 바위들이 제 나이만큼의 돋보기를 꺼내들고

내 등의 단면을 유심히 읽고 있다

꼼짝없이 들키고 만

내 살아온 날들

살아갈 날들 환히 다 들여다보이는

늦가을 가랑잎 손금같은

내 안의 굽은 등고선

분꽃 피어나다

나고음

분꽃 핀 동네는 어디나 고향 같다

우물가 옆 꽃밭에서 작은 등불같이
마당을 밝히던
내 안에서 웃고 있는 꽃

인사동 작은 찻집에서
골목까지 내 집인 양 피어 있는 분꽃
깊은 맛을 낸 커피 향 목을 빼어 맡고 있다

모양도 향도 탐 낼 것 없는 꽃
어느 것 하나 탐낼 것 없는 그 날들이
내 안에서 분꽃처럼 피어있다

문 · 4

나병춘

눈은 콧구멍을 보지 못하고
콧구멍은 입을 보지 못한다
입은 또한 귓구멍을 보지 못하고
귓구멍 또한 눈을 보지 못한다
구멍들도 구멍들을 보지 못해
늘 누군가를 그리워하나 보다
동굴이 하늘 구멍 땅 구멍 보고 싶어
곰과 너구리 딱따구리와 능구렁이를 키워내듯이

솜다리 꽃

노혜봉

절망의 끝, 벼랑 끝
낭떠러지 추락, 바닥 밑,
바닥을 쳐도 날개 비슷한 핑계도 없다
바닥은 바닥일 뿐,
나는 반절이다, 줄도 없다
빈주먹에 힘을 바짝 조이면
시퍼런, 툭툭 불거진 힘줄이 내 밧줄이다
절망의 끝, 숨 붙은
날숨이 내 끄나풀이다 손아귀의 힘,
발바닥에 들러붙는 희망을 받는다

필봉筆鋒 벼랑 끝
절절히 서 있는 늘 푸른 소나무
벼랑 틈새에 핀
솜다리 꽃이 내 절망의 끝힘이다.

고맙고 감사한 인연들이여

대 우

말문 막히게 고마운 인연들이여
눈물 나도록 감사한 인연들이여
세상은 모두가 은혜요 감사며
그리운 그리움에 기다림입니다

나는 너로 인하여 내가 되고
너는 나로 인하여 네가 되네
이것이 있으므로 저것이 있고
저것이 없으면은 이것이 없네

나 있음은 그대가 있음이여요
너와 내가 아닌 우리는 하나
인류는 한 가족 세계가 하나
내가 우주요 우주가 나여라

눈물 나도록 고맙고 감사한 인연들이여
세상은 모두가 은혜요 감사며 그리움입니다

그가 아니면

도 신

파도야
바위가 아니라면
네가 어찌
눈부시게 부서질 수 있겠느냐!

바위야
파도가 아니라면
누가 너를 대신해
속 터지게 울어 줄 수 있겠느냐!

다행인 것끼리
아닌 듯 모른다.

치문 꿈

동 봉

마흔다섯 해 전 읽은
치문경훈을 꺼내
밤새 읽다가
까무룩
든

잠
꿈이다
꿈이었구나
치문緇門조차
한바탕 꿈이었구나

황금색 그림자를 내려놓는다

류일화

나무들은 행복하다
늘 그 자리에서
가지마다 아침 햇살을 걸어 보고
반짝이는 하루를 내려놓는다

은하수 내려오는 밤이면
별을 잡아당겨
무수한 별 기둥을 세우며
꿈을 짓는다

나무들은 행복하다
늘 그 자리에서
잎새마다 별빛을 바르고
황금색 그림자를 내려놓는다

어머니의 바늘

마선숙

어머니는 새 내복을 선물해도
헌 내복 꿰매 입었다

눈 입 귀 없어진
닳고 닳은 흉터들을
생의 고단함처럼 기웠다

구멍이 커지면
가난한 척박함을 수선하듯
헝겊 덧대어 촘촘히 바느질했다

백내장으로 초점 흐릿해
바늘귀 안 보이자
현생의 애증 놔 버리고
먼 길 떠났다

어머니가 꿰맨 헌 내복 실밥엔

벙어리로 산 혀들이 무수하게
낙화처럼 달려 있었다

백년, 그 존재와 소멸의 고독

맹숙영

살아있는 것에의 경외감으로
생명을 존귀히 여겼네
인류를 품에 안고 가던 날들은
이제 백년의 고독한 사랑이 되어버렸네
갈까마귀 거부할 수 없는 몸짓으로
바람의 손짓 따라가네
검은 날개붓으로 푸른 하늘 까맣게
덧칠하며 날아가네
지난날의 의지를 잃어버린
언덕 위 억새풀 풀어진 시선
하얗게 흐트러진 갈기 끝으로
바람을 날리며 뒤돌아보네
다시 못 올 그날을 그리워하네
성에 낀 시야 너머로 아름다운 세상
바라보네 낯설게 멀리 바라보네

네가 아는 가장 고독한 자세로

문리보

칩칩한 동굴 끝자락에 거꾸로 매달려있다

쥐로 살지 않는다
새로 살지 않는다
무엇으로도 살지 않으니 무엇으로도 살 수 있다

텅 빈 눈동자가
보채는 어린것의 작은 얼굴을 가만히 핥는다

툭

박쥐, 네 거꾸로 사는 세상은 눈물도 거꾸로 흐른다

이순耳順

문주환

내 귀에
달팽이가
세 들어 와 산다.

한 여름 내내
매미 울음만 듣다가

어느새
가을이 왔는지
귀뚜라미가 울어 싼다.

여울

문혜관

아침 햇살 불러내어
은실난실 반짝이더니
은어떼 푸륵푸륵 뛰놀던
푸른 강 바위틈 모서리에서
세차게 뒤척인다

어깨 맞댄 물길들이
파도처럼 내달리다
덜컥, 무릎 꿇고 뒤틀고
파닥이다가 우우우
울면서 피워내는
진초록 하얀 물보라

뭉개지고 아파야 피어나는
하늘빛인가
가도 같고 절규 같은 폭풍우가

지난 후

비로소 검푸른 바다로

나가는 삶의 길

단풍잎 편지

박병대

금년에는
단풍잎 편지
기대하지 마라라

답신 그다리다
열반한 스님
다비장했다

내년
봄바람에 꽃피면
소식이나 주려무나

여름 내 태양 먹은
산 내 천지 나무들
단풍 들면 편지 보내마

자작나무 自敍傳

박분필

자작나무 숲속에 들어서자
반듯하게 갖춰진 지필묵부터 먼저 보인다
눈부신 백지 한 장이 바닥에 깔려 반짝이고 명암이
깊은 하늘에 자작나무붓끝이 막 묵墨을 찍는 중이다
붓을 떼자 기러기 한 마리
깃털에 묻은 먹을 털고 푸른 하늘로 날아오른다
쭉쭉 곧게 세워진 붓대들의 연결사이로 가득한
여백의 연결이 도드라져 보이고 붓과 여백이 마음껏
필묵의 자유를 누리며 작품을 자작自作하는 중이다
먹을 갈고 붓을 다듬는다
찍고, 긋고, 맺기를 반복한다
자작나무 숲 백지 위에
구김 없는 또 한 장의 백지를 반듯하게 펼친다
자작자작 찢어 흩뿌리는
파지조각이 내 어깨에 하얗게 쌓인다

스스로 아연啞然

박용진

연을 띄워 보냈습니다

정성스레 만들었지만
창공을 유영할 연을 배려해서입니다
구름 따라 어디선가 툭 떨어질 연은,

실은 연을 위한 게 아닌
이별이었습니다

언제 끝일지 모르는 저는
머리만 깎는 중입니다

봄이 타고 있다

박정자

봄이 타고 있다
노을 끝에 걸려 활활 타고 있다

탐 할 때는 그래도 축제이더니
사라질 때는 조각 한 점 남지 않는다

그 절제의 순간
그 절명의 순간

미루나무 우듬지에 걸려 있는
노을 한 조각

남도 창 한 자락이다
산당화 한줄기다

탁 탁 가는 봄이 타개 지고 있다
지는 봄이 아득하다

땅끝마을

박정희

굽이굽이 황톳길 송호리 땅끝에 왔다
잠시 그늘에 눕자 바람은 나뭇가지에 떨어지고
간간이 土末 노래 시원하게 불어온다
사자봉 전망대에 오르자 물마루에 누워있는 섬·섬·섬
완도·흑일도·보길도·노화도…
갈매기죽지에 잠시 가린 다도해
섬들은 목만 내밀고 바다에 잠겨있다
푸른 바다 한쪽 귀에 흰 수건 두른 불혹의 바다새
하얀 죽지로 그물깃 건져 올리고 있다
등 뒤론 노을 물결 업고 울컥,
수묵화 속에 나를 넣어 그린다

산비탈

박춘희

비탈길이 흘러내린다

재빠른 노루도 구르고
비탈길도 따라 구른다

멈출 수 없는 가파른 각도
이곳에선 모두 기울어진다

중간 둔덕 간신히
참나무 등에 기대면
비탈길도 덩달아 숨을 고른다

비탈길을 오르는 사람
내려오는 사람

모두 숨이 차다.

박각시 오는 저녁

백 석

당콩밥에 가지 냉국의 저녁을 먹고 나서
바가지꽃 하이얀 지붕에 박각시 주락시 붕붕 날아오면
집은 안팎 문을 횅 하니 열젖기고
인간들은 모두 뒷등성으로 올라 멍석자리를 하고 바람을 쐬이는데
풀밭에는 어느새 하이얀 대림질감들이 한불 널리고
돌우래며 팟중이 산 옆이 들썩하니 울어댄다
이리하여 하늘에 별이 잔콩 마당 같고
강낭밭에 이슬이 비 오듯 하는 밤이 된다

나그네의 꽃다발

서정주

내 어느 해던가 적적하여 못 견디어서
나그네 되어 호올로 산골을 헤매다가
스스로워 꺾어 모은 한 옹큼의 꽃다발
그 꽃다발을 나는
어느 이름 모를 길 가의 아이에게 주었느니,

그 이름 모를 길 가의 아이는
지금쯤은 얼마나 커서
제 적적해 따 모은 꽃다발을
또 어떤 아이에게 전해 주고 있는가?

그리고 몇십 년 뒤
이 꽃다발의 선사는 또 한 다리를 건네어서
내가 못 본 또 어떤 아이에게 전해질 것인가?

그리하여

천년이나 천오백년이 지낸 어느 날에도
비 오다가 개이는 산 변두리나

막막한 벌판의 해 어스럼을
새 나그네의 손에는 여전히 꽃다발이 쥐이고
그걸 받을 아이는 오고 있을 것인가?

화엄

석민재

당신과 맞잡았던 손을 하루 종일 봅니다

손금을 따라 모퉁이를 돌아가는 뒷모습이 보입니다

몽당숟가락처럼 배가 고픕니다

당신의 안부를 조금만 먹어도 될까요

흉터는 상처를 물고 놓지 않습니다

아직도 내게 주지 못한 손목이 있나요

어쩌자고 악수를 청해 오나요

벙어리장갑 같은 저 기억은

서리산 잣송이

석 전

산을 감싼 유성이
불기고개로 사라지면

별빛이 부딪히는
작은 떨림에도

백설기 같은 속살을
송이 눈에 감추고
시린 발등을 내민다.

눈이 큰 잣송이는
잠이 든 장승을 일으키고

눈이 작은 잔별들이
뒤를 따라 깨어날 때

잣송이가 후드득

별똥 되어 떨어진다.

왕소군에게

소 암

본래 남북도 없고
본래 동서도 없는 길 없는 길을
오늘 남으로 북으로
혹은 동으로 서로
시들지 않는 천년의 연인
왕소군을 만나자
천산산맥 지나 대초원 길로
그날의 꿈길을 향하여
아이유와 방탄소년단과 더불어
혹은 알리와 김추자도 같이
싸이와 말춤 추며
철마 타고 만리길 떠나자
은산철벽 마의 장벽을 뚫고
승리의 세레모니 펼치며
환희의 송가 부르며.

소금문자

신새벽

바다의 영혼들이 유서遺書를 써놓았나
아득하게 넓은 소금호수*
나의 눈은 재빠르게 수평선의 끝자락을 잡으려 했지만 놓치고 만다

마치 이승과 저승의 건널목에
미아가 되어버린 듯
몽롱한 현기증에 휘청 거린다
빗금을 그으며 달려오는 햇살이 눈을 찌르고
초점을 잃어 바닥을 향하지만 유서의 문장은 읽을 수가 없다

바람의 살점이 떨어지고
해의 갈비뼈가 으스러져 만든 흰 뼛가루 같은 소금밭

무디었던 발바닥에
사각의 귀가 분질러지는 아픔
해체되어지는 문자들이 발가락 사이로 끼어들어
채 아물지 않은 상처로 쓰리다
왈칵
옆구리에 달라붙어있던 슬픔이 목울대를 건드린다

소금 낱장의 빈칸이 얕은 물 사이를 일렁이고
당신과의 행간이 아득해
앞으로도 뒤로도 가지 못하고
슬프도록 짜디짠 문장을 읽으려 눈을 부빈다

* 터키에 있는 소금호수

주산지, 상강무렵

양태평

상강霜降무렵이면 더 깊어지는 호수
슬며시 들여다보는 남자의 병

햇살 숭숭 뚫린 둘레길 따라 가만가만
짚어가는 내 청진기 소리
서릿발 인양 밟히며 떠나는 잎새들

물수제비 뜨며 달아난 몇 걸음의 눈길로
호반의 맥 짚어갈 때
일렁일렁 되비치는 저 초음파 지도

햇살따라 더듬더듬 짚어 온 발자국

물안개 눅진눅진 안기는 햇솜 자리에
아날로그 영상 조각들,
햇살이 숭숭 골다공으로 박힌다

〈

물수제비 메스가 심연을 가른다

한 물 빠진 철마다 더 깊어지는 호수
슬며시 들춰보는 상강무렵.

구절초

오성희

솔숲 아래 가냘픈 여심
곱게 몸단장을 끝내고
환한 얼굴로 웃고 있다
솔잎의 푸르름 품어 안고
은밀한 빛깔과 향기로
몸 부풀리며
잔뜩 물오른 살갗
비밀의 화원이다

언제 잠시라도 애절한 눈빛
주어본 적 있었는지
새삼 그 깊은 속내를 들여다보니
순박함과 눈부신 충만이 가득
콩닥거리는 가슴을 열고
너에게 연서를 띄우고 싶다

꽃 무덤

오영자

저 그늘 밑에 떠 있는
섬섬의 하얀 섬들

사소하게 흔들리는 몸짓에는
쉼 없이 호흡이 뛰고
꽃을 피우는 일은
저 떨어진 섬의 얼굴에 점안點眼되는 심장들

저렇게 흔들리고 있는 것들의
그 체온으로 인해 더욱 하얗게 밝아지는 눈
푸른 호흡을 하는 그늘들은
바람에 흔들려 흰 꽃을 꿈꾸는 일

그 무덤 속에 내가 갇히는 일
내가 흔들려
하얀 무리를 키우는 것

환한 빈자리

오형근

내린 눈이 며칠째 꽝꽝 녹지 않고 있는 날, 아파트 주차장 어느 나무 밑에 작년부터 고양이 밥을 사서 떨어뜨려 놓고 있는데, 오늘도 나무 밑에는 어떤 놈이 먹었는지 살아 있다는 표시로 환한 빈자리를 만들어 놓았다

때죽나무

우정연

때죽나무 여린 잎 쿵쿵 짓이겨*
꽃향기 자지러지는 오월
냇물에 띄운다
물이 꽃향기에 취해 빙그르르 돌고
도는 물살 따라 물속의 고기들이
갈之자로 취해 둥둥 떠오른다
깜빡 기절한 물고기를 뜰채에 건져
잘 달궈진 돌판 위에 올린다
돌의 열기 위에서
아슴푸레하게 정신을 차렸는지
흐릿한 눈동자를 굴려 탈출을 꿈꾸며
파드닥거리지만
아뿔싸!!

떼죽음이다

* 때죽나무에는 에고사포닌이라는 성분이 있는데 물고기 아가미 호흡을 일시적으로 멈추게 하는 어독으로 고기잡이에 사용됨.

연리지

유병란

서리꽃 하얗게 입고
밤새 뒤척이는 나무들

맞잡은 손에 쏟아지는 별의 축복을
서로 먼저 건네주며 밤을 지새운다

억겁을 기다려 맺은 인연일까
칼바람 속에서도 풀지 못하는
포옹

차마 볼까 숨어서
긴 탯줄 같은 오작교를 놓았다

등성이를 넘어가는 달그림자도
아찔한 유혹에 숨죽이는 밤

오늘도 몸 기대고 서서
밤새워 쓰는 연모의 시

기쁨을 심는다

유회숙

겨울 선인장
마치 먼 곳만을 바라보는 듯한
폐허의 구도이다

슬픔도 다하면 직립의
물기둥
방울방울 뜨거운 소통이다

아득한 시간
아플 때
가장 먼저
결가부좌 기도하시는

어머니
그 자리에
나를, 꾹 눌러 심는다

또 다른 고향

윤동주

고향에 돌아온 날 밤에
내 백골이 따라와 한 방에 누웠다.
어둔 방은 우주로 통하고
하늘에선가 소리처럼 바람이 불어온다.
어둠 속에서 곱게 풍화작용 하는
백골을 들여다보며
눈물짓는 것이 내가 우는 것이냐
백골이 우는 것이냐
아름다운 혼이 우는 것이냐
지조 높은 개는
밤을 새워 어둠을 짖는다.
어둠을 짖는 개는
나를 쫓는 것일 게다.
가자 가자
쫓기우는 사람처럼 가자.
백골 몰래
아름다운 또 다른 고향에 가자

선운사

이경숙

도솔천 내원궁
가릉빈가 노래 소리 꽃비 내리고
마야부인 품에 안겨 잠이 들었다

선운사 범종소리 새벽을 깨우는데
꿈결인 듯 생시인 듯
내 어머니 투박한 손길이
이마를 쓰다듬는다

꿈결이면 깨지 말 것을
생시이면 매달릴 것을
이러지도 저러지도 못하고서
날이 밝았다

안개 속 동백꽃이 이슬을 달고
지그시 바라보는데

그런 밤

이덕주

술이 불러서 나왔다 함께 춤을 추는 길바닥이, 술잔
이 내 눈을 보며 자기를 닮았다고 했다 내가 술집 주
모노릇을 잘하던 시절도 있었다고 했다 술병이 박
수를 쳤다. 고개를 끄덕이자 내 발이 공중을 향해 휘
돌았다 나는 한 때 디오니소스와 어깨를 잡은 적 있
었지 그와 나는 흔들거리며 그런 밤으로 가고 있다

흔들리는 머리, 불립문자의 선 수행자, 말을 잃은 불
면증을 이기지 못하고 쓰러졌다 쓰러지고 있었다
나무들이 따라 '출가는 향연' 피리를 불었다 귀머거
리의 귀가 터지자 전생이 빠르게 지나가고 오늘도
따라왔다 배가 고파도 날이 추워도 웃던 그런 날이
그런 밤이 다시 오고 있었다

살아남은 자의 트라우마, 그런 밤이다

너에게

이동식

예쁘다.
아름답다.
향긋하다.
곱다.

꽃인 너에게
내가 늘상
해주고 싶은 말.

그립다.
보고프다.
사랑스럽다.
특별하다.

인연인 너에게
내가 항상
해주고 싶은 말.

바다와 배 위로 흩어지는 물보라

이민자

비명처럼 넋두리를 싣고
뱃고동 울리며 배는 떠난다

물이 그리는 결마다 그리움이 스민다
수렁 같은 긴 시간을 끌고 다시
배를 기다리는 저녁이 오고

바다는 물결을 출렁이고 침묵하고
있었다
검푸른 물살을 가르며 날아온
수상보트 큰 배와 손을 잡았다
갈매기 떼와 수많은 감정들이 모였다가
환호가 되었다

자유로운 영혼을 추구하다
많은 사람을 가두어 놓고

초조하게 만든 남자를 보며

바다와 그녀는 파도치며 웃는다

버킷리스트 1
— 피요르드

이보숙

무더운 여름엔 겨울 숲 오두막에 갈 일이다
흰 눈 쌓인 그 나라, 고요한 그 마을,
멀리 피요르드가 잔잔히 흐르는 바다,
불에 달군 큰 돌들 위에 물을 부으면 뜨거운 김이 마구 퍼진다
자작나무 가지로 온 몸을 두드려 맛사지 한 후
차가운 호수로 뛰어든다
짜릿하고 놀라운 그 맛, 여름이 놀라서 달아나는 것 좀 봐,
이제 그것을 할 수 없는 때가 되면 가슴에 창고를 만들어
버킷리스트들을 저장하기로 한다
나는 아주 부자가 된 듯하다.

거울

이 상

거울속에는소리가없소
저렇게까지조용한세상은참없을것이오

거울속에도내게귀가있소
내말을못알아듣는딱한귀가두개나있소.

거울속의나는왼손잡이오.
내악수를받을줄모르는-악수를모르는왼손잡이오.

거울때문에나는거울속의나를만져보지를못하는구련만
거울아니엇던들내가어찌거울속의나를만나보기만이라도했겠소.

나는지금거울을안가졌소만거울속에는늘거울속의내가있소.

잘은모르지만외로된사업에골몰할게요.

거울속의나는참나와는반대요만
또꽤닮았소.
나는거울속의나를근심하고진찰할수없으니퍽섭
섭하오

삼족섬에 둔 마음 두 개
— 홍천사 도량에서

이서연

건너온 자리 몰라 건너갈 길을 잃고

떠도는 바람처럼 세월을 보냈는가

삼족섬 발등에 손 얹고 마음마음 돌아본다

처하는 자리마다 관음미소 피어나길

만나는 인연마다 법음향기 퍼져가길

두 가지 소원 담은 마음 삼족섬에 심어본다

* 삼족섬三足蟾 : 서울 돈암동 홍천사에 있는 것으로 두 가지 소원을 이뤄준다는 세발 달린 두꺼비.

숲속의 하모니카

이석정

내 하모니카, 내 하모니카는
내 입술에 맴돈다

하모니카를 보면 나도 하모니카에 맴돈다
서랍 속에 있을 때는 나도
하모니카와 서랍 속에 있다
내 시간도, 내 노래도, 내가 읽던 시집도, 그리운 사람도
하모니 서랍 속에 있다
삶의 고저장단을 찾아 주는 하모니카를
오늘 아침 꺼내 불었다

빛바다에 출렁거리는 어린 나를
힘껏 불러 보았다

내 입술에 맴돌며 내가 좋아하는 동요들을

언제까지 불러낼지

하모니카는 알고 있을 것이다

능가산 내소사

이 섬

내소사 대웅보전은
편안한 이웃처럼 다정해 보인다
초여름 함박꽃 닮은 얼굴은
두드리고 바르고 덧칠하지 않아도
조금도 꿀릴게 없다는 듯 당당하다
단청이 벗겨진지 오래지만 속살은 투명하다
상큼한 겨울 햇살에 얼비치는 연꽃이랑 국화랑
꽃가루가 분분하다

1년 동안 기도하고 지었다는 대웅보전
철못 하나 쓰지 않고 나무로만 역은 이음새에
음과 양이 조화롭다
전나무 숲에서 같이 걷던 바람결이 일주문을 지나
세속의 찌든 마음을 씻어내자고 피안교를 막 건
너오고 있다

1000년 된 당산나무 온 몸으로 반긴다

형용사를 가진 여자

이정현

7시 15분,

햇살에 빛나는 사과의 오른쪽 뺨으로 아침이 걸어온다

헤스페르데스가 정원에서 싱싱하게 옮겨온 황금빛 사과가

원형의 식탁 위에서 옷을 벗는다

커튼을 젖히고 창문을 연다

바람이 들어와 빈 접시에 앉는다

눈빛 촉촉한 하얀 속살이 미끄러지듯

바람 위에 눕는다

블랙커피와 재기발랄한 포도송이의 눈인사

아침을

한 입 베어 문다

입속에서 그녀는 형용사가 되어 말캉거리고
가슴을 밀어 올리듯 시선을 끈다

풋풋함을 끌어당긴
이 아침의 처녀향
그 여자를 삼킨다.

광장

이 필

시장 골목이 실직한 친구와 순대 한 접시에 마주 앉는다
무럭무럭 솟는 김이 어묵 육수를 데우고
실실 웃고 있는 돼지머리가 속없이 물렁해질 무렵
주인 아지매는 낙첨 복권처럼 김치를 찢어 준다
저녁이 네 평 남짓 좌판으로 불러들이는 사람들,
여기는 언제부터 광장이라 했을까
포장 쳐진 골목과 골목이 순대처럼 굽어든다
생기 잃은 낯빛일수록 탕탕 친 산낙지를 목구멍에 밀어 넣는다
어둠이 사방에서 잠겨들면 목소리는 점점 높아진다
이제 서로의 말소리를 알아들을 수 없다
찡그린 미간과 마른침이 전하는 무언극이다
한 손을 높이 들면 거푸 비워지는 술잔들,
삶은 꽉 채워진 순대속처럼 견디는 거라고

어깨와 어깨 사이 그 경계 너머
골목 바깥에서부터 썰리는 불빛이 탱글탱글하다

괜찮아 괜찮아

이혜선

암사 시립아파트 108동 앞에 조그만 어린이 놀이터
유치원 끝나고 나온 아이들 너댓명
무지갯빛 햇살 옷을 걸치고 공차기 하고 있다

아직은 바람 쌀쌀한 삼월 초아흐레
철이가 짧은 다리 높이 들어 차낸 공이 굴러서
이슬이 몸을 맞고 자기네 골대 안으로 들어갔다

자살골! 자살골!
어쩔 줄 모르고 주저앉아 울음 터뜨리는 철이를
통통하게 물 오른 낮달이 손을 뻗어 쓰다듬는다
목련 봉오리 부풀리던 바람도 달려와 아이 어깨를 툭툭 쳐준다

놀이터 옆 화단에 노오란 민들레도 보라색 제비

꽃도

괜찮아! 괜찮아!

작은 꽃잎을 힘껏 흔들어댄다

선운사 동백꽃

이혜일

선운사 동백꽃을 본적이 있나요.
동백꽃 붉은 잎 땅에 떨어트리며 나는
불면증에 시달리고 있었다.

선운사 뒷산 너머에는 호랑이가 산다고
했다. 검은 천을 두르고 밤새 살풀이를
하고 있었다.

대웅전 앞에서 백팔 염주를 굴리고
있었다. 염주 알을 세는 젊은 스님의
이마 위로 흐르는 동백꽃잎 붉은 잎새가
번뇌 망상 부처님같이 살풀이로

잠을 취하게 하는 밤이었다.
동백꽃 노래를 따라 머언 바다로
향한다.

청무우 이랑에 뿌리며 불도화가
만발한 동백꽃 숲길

흔들리는 제 몸이 머릿속을 스쳐간다.
붉은 눈빛 하얀 토끼는 눈을 닮았다.

그 눈꽃이 선운사 도솔암 내원궁
미륵 부처님 얼굴 미소처럼 붉게
피어나고 있는 선운사 동백꽃이여

나비 핀

임솔내

그 집에서 하얀 실내화를

신고 살던

엄마를

지난해에 잃었습니다

하얀 나비 핀이

내 머리에 앉았습니다

이제부턴 엄마를 이고 살려구요

못 다한 봉양

두 손에 얼굴 파묻어도 엄마 냄새는 지천인데

三角山

임술랑

산이 흰 허벅지를 내놓다

하늘의 뿌리를 볼까

절벽 밑으로

밑으로 다가서면

아스라한 뽀얀 살 속에

蘭이 자란다

울림에 대하여

장옥경

저물녘, 어머니가 두들기던 다듬이소리
뒤란에 잠긴 우물 부스스 깨어나고
풀잎에 웅크렸던 별, 후드득 떨어진다

둥글고 적막한 방, 가난한 순결 위에
텅 비인 악보마다 쏟아지던 빗방울
음표들 흔들거린다 느낌표로 곧추서서

흩어진 마음결도 다잡으면 팽팽할까
풀 먹인 네 귀퉁이 빳빳이 깃 세우면
엉키고 꾸불꾸불한 길 반듯하게 펴진다

가슴에 일렁이던 잔잔한 파문 하나
창호지 단풍 문양 가늘게 떨려올 때
다도해 번져나간다 돌비늘 촉 햇살 되어

열 몇 살 때의 달밤

전인식

뾰족히
창문 들다 보는 것이
뉘 얼굴인 것 같아
뛰쳐나간 마당
왔다 갔다 맴을 돌아
무릎쯤 달빛이 찼을 때

"니가 이태백이냐 들어가 공부나 해"
"이태백이는 대학 안 갔는대요"

마구간 송아지
큰 눈
벙긋 벙긋 웃었다
울 밑 뀌또리
맞다 맞다
일제히 소리 질러댔지

식구 외엔 다 내편이던

열 몇 살 때의 달밤

마음여행, 일년초

정복선

이 바람과 이 햇살과, 이 대지의 어둠을
온몸으로 끌어안겠어,
이 목마름을 절룩거리며 건너가겠어,

더 이상 그대를 부르지도 찾지도 않고
더는 절벽을 깎아서 그대와 나의 틈새를 메우지도 않고
평생을 기울여 짠 내 촘촘한 거미줄 한 채로
그대가 흘려보내는 마음의 강물에 그물을 쳐서
반짝이는 이슬에 그냥 젖겠어

그대 떠나간 마른 풀더미, 그 겨울까지 깊이깊이 저장하겠어,
단 일 년의 이 쓰디쓴 축복, 정주定住의 삶을 오래오래 기억하겠어,

저기, 날아가는 기러기 떼 좀 봐

포토존

정영선

3월 하순,
개암사 경내 구석에 작은 동백나무
붉은 꽃숭어리 푸지게 품고 있다

사방을 둘러봐도 우중충한데
쪼그마한 나무 한 그루가
절간을 환히 밝히고 있다

사람들은 너나없이 반색하며
불나방처럼 등불 곁으로 모이고
카메라 렌즈에 뜨거운 불이 붙는다

만삭인 아름드리 벚나무가 해산하기 전까지는
절 살림 책임져야 한다고
야무진 동백나무
봄 손님의 예쁜 뒷배경이 되어주고 있다

휴전선

정옥임

남쪽 참나무 숲과
북쪽 자작나무 숲 사이
높은 담벼락

참나무 숲이
담장너머로 날린 쪽지
"한 번 보자."

자작나무 숲
답장을 보내왔다
"널뛰기 어때?"

남쪽 참나무 숲
부랴부랴
널판을 날라 왔다

쿵쿵 굴러
얼굴 한 번
반짝 보고

"니들 잘 지내?"
참나무가 묻자
자작나무 슝 솟아

"우덜 잘 지내!"
"니들." 수 슝!
"우덜." 수 슝!

마음 하나

조오현

그 옛날 천하 장수가

천하를 다 들었다 놓아도

한 티끌 겨자씨보다

어쩌면 더 작을

그 마음 하나는 끝내

들지도 놓지도 못했다더라

땡볕 속의 길

주경림

장수하늘소 한 마리가 백운대를 기어간다
일그러진 턱으로 기우뚱
한 쪽 남은 더듬이를 지팡이 삼아
화강암 바위의 거친 돌 틈새를 짚어간다

큰 턱을 치켜들고 목청껏 자리다툼을 하다가
상처투성이로 밀려난 것일까
해발 836m, 백운대에서
천연기념물이 된 내가 방향도 모르고
땡볕 속을 무작정 기어가고 있을 때

"이놈아 타 죽겠다."
누군가 내 등을 살며시 집어 숲 그늘에 놓아준다.

화 氏와 섭 氏

주영헌

당신의 감정은 화씨 나의 감정은 섭씨

같은 감정에 물은 끓지만,
내가 뜨겁다고 말할 때 당신은 차갑고 당신이 뜨겁다고 말할 때 나는 냉랭합니다.
다른 기압氣壓에서 사는 행성의 토착민처럼

우리
온도를 맞추지 말아요. 서로가 펄펄 끓을 때까지

물의 비등점沸騰點은 같지만
몸은 끓을 만큼 달아올라야 뜨거워집니다.

문득 눈을 뜬 화 氏와 섭 氏가 한 이불 속
뜨거워지는 봄밤

보일러 전원을 꺼도 방은
절절 끓습니다.

인연 찾아 가는 길

진준섭

그 기억 따라 길을 걷는다

언젠가 걸어본 듯 낯설지 않은

간절한 마음 쌓여 탑이 되었듯

내려놓아야 비로소 보이는 길

비워낸 충만에 무명이 길을 열면

물소리 바람소리 벗이 되고

햇살이 인도하는 그 길 어디쯤에

그리운 님을 만나게 되는

그 인연의 길

홍련

채 들

외발로

비 맞고 서 있는

홍학이로구나!

어느 질척한 인연으로

한 발 접어 가슴에 묻고

한 발 진흙땅에 푸욱 빠뜨린 채

저리 파닥이는가!

날지도

머물지도 못하고

마늘까기

천지경

마른 마늘 껍질을 벗긴다
자식 애 먹이는 거
서방 미운 거
치매 어머니 속 썩이는 거
묵묵히 벗기고 또 벗긴다
반나절 참선 끝내고 일어서니
하얗고 매끄럽게 변한
알찬 마늘 한 바구니가
환하게 안긴다

순천만 갈대숲

최금녀

깊이 모르는 뻘
흰 상장喪章을 준비하는 갈대숲에
도려내 버린 내 살점

지금쯤 화엄사 칠층탑 언저리에서
명운命運이나 벼리다가
옹이로 자라 숨차 오르는
해묵은 슬픔

갈대숲과 바람 사이를 떠돌고 있었다.

빚

최대승

살면서 갚아야 할 빚이 자꾸 불어난다
홀가분하게 비운 줄 알았건만
씻기지 않는 말과 말,
왜였는지도 모르는 순간을 살촉으로 꽂아
짐에 짐을 더한다

산다는 것은 등이 휘는 일이다
어제보다 나을 거 하나 없는 오늘,
끝내 오만으로 남고
빚만 한 덩이 얹혀 놓았다

갚아야 할 빚은 불고 불어
버리지 못하는 구린 자루
빼꼼히라도
지질한 문, 수문처럼 열렸으면 좋으리다.

연꽃

최영옥

푸른 하늘 산빛을 끌어와
갈맷빛 치마폭 펼쳐 놓고
일렁이는 물결 위에
살포시 내려앉는 독경 소리

진흙탕에 멍든 가슴
정화수로 씻어 내고
여명 뚫고 솟아올라
타오르는 꽃불의 향연

이슬 머금은 연잎 방석 위
가부좌 틀고 참선에 든
고고한 생불生佛이어라

풍장

최혜숙

흔하디흔한 흰 찔레꽃이 아니라
빨강도 다홍도 아닌 그 중간쯤 어디
신비스런 빛깔로 내게 온 야생 찔레꽃
처음엔 눈길이 자주 가더니
세상일에 정신 팔려 서서히 잊혔다가
문득,
넋 잃고 바라보니
물기란 물기는 모두 보내고
뼈만 남아 시들어 돌아가고 있다
향기를 날리는 동안
나는 어디를 헤매다 돌아온 걸까
바람이 넘기는 페이지처럼
눈 뜨고도 안 보이는 것들 많아서
읽히지 않고 통과하는 무심한 날들
찔레꽃도 나도 말라가고 있다

여럿이면서 혼자

하순명

겨울 산에서는 모두 입을 다물고 있었다

산은 허물을 벗은 채
저마다 무슨 상처라도 치유하는 듯
여럿이면서 혼자
저마다 거리를 두고 서있는 나무들

그곳에 가보고 나도 혼자인 걸 알았다

함께 모여서
더 큰 혼자인 숲을 보았다

사랑하는 까닭

한용운

내가 당신을 사랑하는 것은 까닭이 없는 것은 아닙니다
다른 사람들은 나의 홍안만을 사랑하지만은
당신은 나의 백발도 사랑하는 까닭입니다

내가 당신을 그리워하는 것은 까닭이 없는 것은 아닙니다
다른 사람들은 나의 미소만을 사랑하지만은
당신은 나의 눈물도 사랑하는 까닭입니다.

내가 당신을 기다리는 것은 까닭이 없는 것은 아닙니다.
다른 사람들은 나의 건강만을 사랑하지만은
당신은 나의 죽음도 사랑하는 까닭입니다.

씨앗 저장고

한이나

솔방울만한 아기나무의 손을
쥐었다 펴본다
탯줄로 이어져 땅의 중심이 될 생동生動,
씨앗 한 톨의 내력이
몸의 경전이다

아라라트산 중턱 노아의 방주에서
씨앗으로 잠들어 있던,
몇 만 년 전의
나를 만난다

깊어지는 피안과 차안의 잠 사이
썩어 거름과 소생의 몸 사이

내 안에 환하게 불이 켜졌다

씨앗 한 알 속에 내가 뜨겁게 들어있다

능소화

허정열

낮밤 없이 꽃등 내거는

저 요염한 표정 좀 봐

온 몸으로 써낸 증표

한 권의 여름이 환하다.

삼자토론

현 송

술 있으면 신선이요
술 없으면 부처라네

술 없어도 신선이요
술 있어도 부처라네

이곳은 어디인가
있고 없고 떠났으니

가난하게 늙은 노스님을 뵙고

효 림

아무것도 흔들 것이 없어서
아무것도 흔들지 못하고 온
어느 메마른 바람 소릴 듣고
더러워진 귀를 씻는다

아무것도 보여 줄 것이 없어서
아무것도 보여주지 못하는
비어서 푸른 하늘을 보며
더러워진 눈을 씻는다

평생 가난한 길로만 걸어와 가난해서
하나도 보여 줄 것이 없는 노스님을 찾아가
더러워진 몸을 씻고
젖은 마음을 말린다

불교문예 기획시선 • 04
그 마음 하나

초판 1쇄 인쇄 | 2019년 09월 25일
초판 1쇄 발행 | 2019년 10월 05일

지은이 | 불교문예작가회
펴낸이 | 문병구
편집인 | 이석정
편 집 | 고미숙
디자인 | 쏠트라인saltline
펴낸곳 | 불교문예출판부

등록번호 | 제312-2005-000016호(2005년 6월 27일)
주 소 | 13656 서울시 서대문구 가좌로 2길 50
전 화 | 02) 308-9520, 010-2642-3900
이메일 | bulmoonye@hanmail.net

ISBN :978-89-97276-40-0 (03810)
가 격 : 10,000원

이 도서의 국립중앙도서관 출판예정도서목록(CIP)은 서지정보유통지원시스템 홈페이지(http://seoji.nl.go.kr)와 국가자료공동목록시스템(http://www.nl.go.kr/kolisnet)에서 이용하실 수 있습니다.
(CIP제어번호 : CIP2019037106)

이 책은 서울 돈암동 흥천사에서 지원받아 제작하였습니다.